Analyse de l'œuvre

Par Fabienne Gheysens
et Margot Pépin

Au bonheur des ogres

de Daniel Pennac

lePetitLittéraire.fr

Rendez-vous sur lepetitlitteraire.fr et découvrez :

Plus de 1200 analyses
Claires et synthétiques
Téléchargeables en 30 secondes
À imprimer chez soi

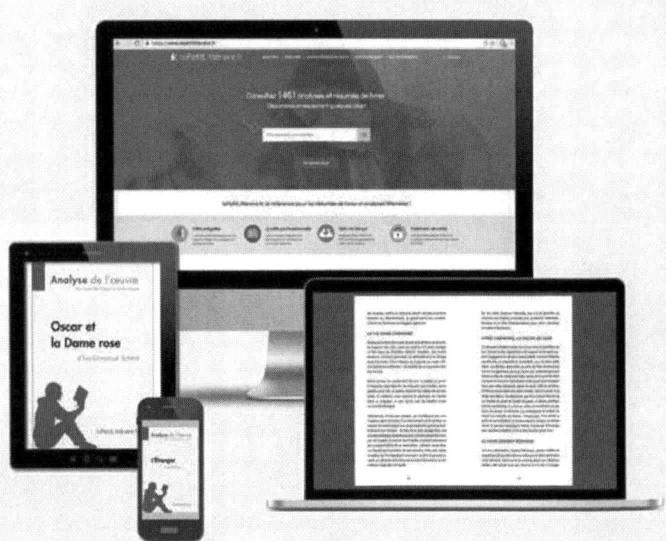

DANIEL PENNAC

ÉCRIVAIN FRANÇAIS

- **Né en 1944 à Casablanca (Maroc)**
- **Quelques-unes de ses œuvres :**
  - *Cabot-Caboche* (1982), roman jeunesse
  - *Kamo. L'idée du siècle* (1993), roman
  - *Chagrin d'école* (2007), roman

Daniel Pennac, de son vrai nom Daniel Pennacchioni, est né en 1944 au Maroc. Malgré son passé de cancre (qu'il raconte dans *Chagrin d'école*, paru en 2007 et consacré par le prix Renaudot), il est devenu enseignant, essayiste, romancier et auteur de littérature jeunesse.

C'est principalement grâce à la saga *Malaussène* que Pennac est connu auprès du grand public. Il s'agit d'une série de six romans policiers qui relatent les aventures de la tribu Malaussène et principalement de Benjamin, bouc émissaire professionnel. *Au bonheur des ogres*, le premier volume, a été publié en 1985 et *Aux fruits de la passion*, le dernier, en 1999. En 2017, Daniel Pennac reprend l'univers de Malaussène en publiant *Ils m'ont menti*, le premier tome d'une nouvelle saga intitulée *Le Cas Malaussène*.

AU BONHEUR DES OGRES

À L'AUBE DE LA SAGA *MALAUSSÈNE*

- **Genre :** roman
- **Édition de référence :** *Au bonheur des ogres*, Paris, Gallimard, coll. « Série noire », 1997, 288 p.
- **1re édition :** 1985
- **Thématiques :** famille, terrorisme, humour, enquête, littérature, satanisme

Publié en 1985, *Au bonheur des ogres* est le premier roman de Daniel Pennac à mettre en scène la famille Malaussène. L'intrigue s'organise autour d'une série d'attentats à la bombe dans le Magasin, grande surface où travaille le héros, Benjamin Malaussène, en tant que bouc émissaire. Celui-ci devient d'ailleurs rapidement le suspect principal dans cette affaire.

Comme *La Fée carabine* (le deuxième roman de la saga), *Au bonheur des ogres* a d'abord été publié dans la « Série noire » de Gallimard, spécialisée dans les polars. Néanmoins, sa réédition dans une autre collection plus généraliste (« Blanche ») atteste du fait que le roman déborde – notamment par sa dimension comique, la diversité de ses thèmes, la fresque familiale du clan Malaussène, etc. –, le champ du roman policier.

LES PREMIERS ATTENTATS

Habitant le quartier de Belleville, à Paris, Benjamin Malaussène travaille au Magasin, où il exerce la fonction de bouc émissaire : il endosse la responsabilité des dysfonctionnements des articles vendus et, vertement réprimandé par son supérieur devant les clients mécontents, obtient la plupart du temps le retrait de la plainte de ces derniers, pris de pitié.

Le 24 décembre, alors que le Magasin est bondé, une bombe explose non loin de Benjamin : la panique s'empare des clients. La bombe a fait une victime : « un homme d'une soixantaine d'années » (p. 20).

De retour chez lui, Benjamin reçoit deux coups de téléphone : l'un de sa sœur Louna, qui songe à avorter ; l'autre de sa mère, qui lui a une nouvelle fois laissé la garde de Clara, Thérèse, Jérémy et Le Petit, ses demi-frères et sœurs, tandis qu'elle est en voyage avec son amant, Robert. À l'heure du coucher, Benjamin raconte aux enfants une version romancée et fantaisiste de l'attentat. Il ne le sait pas encore, mais les soupçons vont très rapidement se porter sur lui.

Benjamin reçoit le lendemain la visite de l'inspecteur Caregga, qui l'interroge sur les circonstances de l'attentat auquel il a assisté. Tout en répondant aux questions du policier, il prépare mentalement une version romanesque de l'entrevue à raconter à ses frères et sœurs.

La famille Malaussène fête ensuite Noël avant que Benjamin ne retourne le 26 décembre au Magasin où Sainclair, le directeur, harangue ses employés. Indifférent à son discours, Benjamin préfère discuter avec Théo, son ami. Responsable du rayon bricolage, celui-ci a pour habitude de laisser des « petits vieux » (p. 57) investir le Magasin et jouer toute la journée avec les outils.

Durant l'après-midi, Benjamin fait retirer sa plainte à un culturiste dont la fiancée a été envoyée à l'hôpital à cause d'une literie défectueuse. Il rentre chez lui désabusé par son travail et par l'hypocrisie du Magasin, où l'on semble déjà avoir oublié l'attentat qui a eu lieu deux jours auparavant. Après s'être disputé au téléphone avec Louna, il sort promener son chien Julius dans Belleville et boit un thé chez son vieil ami Amar. Le soir venu, alors qu'il raconte à ses frères et sœurs la suite de l'histoire commencée la veille, Thérèse déclare que, selon l'astrologie, la mort violente de la victime de l'attentat était inévitable.

Deux mois plus tard, au Magasin, Benjamin vient au secours d'une « belle voleuse » (p. 59) sur le point d'être arrêtée par Cazeneuve, le vigile. Alors que les trois personnages se disputent, Benjamin faisant passer la jeune femme pour sa tante Julia, une deuxième bombe explose tout près d'eux, tuant deux personnes. Rendu sourd par l'explosion, le jeune homme assiste, détaché, à la panique générale.

Il ramène chez lui celle qu'il surnommera « tante Julia » durant tout le récit. Celle-ci lui expose ses théories sur le lien entre performances sexuelles et activisme politique, ce qui paralyse Benjamin au moment de leurs ébats. Soudain, la tribu Malaussène fait irruption dans sa chambre, suivie de Théo, accompagné de plusieurs travestis brésiliens : les enfants, inquiets de ne pas trouver leur frère après l'explosion, sont allés chercher Théo, qui était au bois de Boulogne pour porter à manger à ses « copines » (p. 73) prostituées.

Une fête improvisée s'ensuit, au cours de laquelle Thérèse lit l'avenir de plusieurs des travestis, qui affirment qu'elle a « le don de seconde vue » (p. 75).

LA CRISE DE JULIUS

Durant une assemblée de l'intersyndicale du Magasin, Benjamin est pris d'une crise de surdité, séquelle des explosions qui se sont produites très près de lui. Déambulant dans le Magasin, il retrouve son ami Stojilkovitch, le veilleur de nuit, pour une partie d'échecs. Celui-ci émettra par la suite l'idée que les bombes ne constituent pas des attaques aveugles, mais visent des victimes bien précises.

Benjamin sort du Magasin en passant par le rayon des jouets. Son chien Julius y fait une crise d'épilepsie. Or, comme le sait Benjamin, les crises de Julius sont toujours annonciatrices de malheurs à venir. Et cela ne tarde pas : Benjamin est convoqué par Sainclair, mécontent que le commissaire Coudrier soit au courant de son travail de bouc émissaire. En effet, Benjamin a été interrogé peu de temps auparavant par cet enquêteur zélé, chargé de l'enquête sur les bombes du Magasin, qui s'est montré très intéressé par le métier du jeune homme.

À la maison, Julius ne se remet pas de sa crise d'épilepsie :

Benjamin est inquiet. Thérèse déclare que l'explosion de la deuxième bombe était elle aussi inscrite dans les astres.

Benjamin propose à tante Julia d'écrire un article sur son métier de bouc émissaire – avec l'aide de Clara comme photographe – dans l'espoir d'être ensuite renvoyé du Magasin : il ne veut plus travailler pour Sainclair, qu'il juge malhonnête et irrespectueux. Julia accepte et emmène le jeune homme à une conférence antiavortement donnée par un certain professeur Léonard.

Alors que Julia et Clara travaillent sur l'article consacré au bouc émissaire du Magasin, Benjamin est félicité pour son efficacité au travail. Il discute avec Théo, qui attend son tour au photomaton pour sa photographie quotidienne, quand, pour la troisième fois, une bombe explose sous leurs yeux. Dans les ruines du photomaton, où était placée la bombe, Théo trouve une photographie sur laquelle Benjamin reconnait avec étonnement le professeur Léonard, jeune, un « rictus démoniaque » (p. 159) aux lèvres, tandis qu'il maintient le corps d'un enfant mort sur une table.

L'enquête révèlera que le professeur est la victime de cette troisième bombe. On identifiera en effet le vieil homme sur un second cliché, pris par la machine une seconde avant l'explosion, le visage marqué par une expression « de plaisir » (p. 164).

Entretemps, Julius s'est enfin remis de sa crise, ce qui soulage grandement son maitre. Seule séquelle de son attaque : il garde constamment sa langue tirée.

LE PROFESSEUR LÉONARD

Benjamin est agressé par des collègues masqués du Magasin qui le croient à l'origine des bombes. Secouru par la police, qui l'amène chez le commissaire Coudrier, Benjamin retrouve ensuite chez lui Théo. Celui-ci, estimant que le professeur Léonard – qu'il soupçonne donc maintenant d'être un bourreau d'enfants – méritait la mort, refuse de donner à la police la photo qu'il a trouvée près du corps de ce dernier.

Benjamin s'emporte contre Thérèse, qui soutient que le professeur Léonard était la réincarnation d'Aleister Crowley (occultiste britannique, 1875-1947), puis reprend son travail, qui lui pèse de plus en plus. Pour ses frères et sœurs, Benjamin invente le récit de la capture du poseur de bombes par le commissaire Coudrier.

Trouvant la photo du professeur Léonard, Clara remarque deux détails : d'une part, en arrière-plan, on distingue d'autres personnes et un chien en pleine crise d'épilepsie ; d'autre part, la photo a été prise au Magasin et date des années quarante. Or, comme Benjamin l'apprendra du vieux libraire du Magasin, celui-ci a fermé pendant six mois en 1942 : c'est sans doute durant cette période que le crime a été commis.

Persuadé que le scandale sera étouffé par les familles haut placées des victimes des attentats, qui devaient probablement s'en prendre à des enfants orphelins, Théo refuse à nouveau de donner la photo à la police.

Dans son collège, Jérémy tente de fabriquer une bombe artisanale avec les objets disponibles dans le Magasin : il cherche à prouver qu'il est possible que le tueur fabrique les bombes au sein même de l'établissement de façon à contourner les nombreux contrôles mis en place par la police. L'expérience du jeune homme tourne mal : il déclenche un incendie et doit être hospitalisé suite à des brulures assez sévères.

Lorsqu'une quatrième bombe explose au Magasin, Benjamin se trouve au cimetière du Père-Lachaise avec Clara. Thérèse, en revanche, est sur les lieux : elle avait prédit le jour de l'attentat grâce à l'astrologie.

Par ailleurs, Clara a envoyé à plusieurs maisons d'édition le premier roman de Benjamin Malaussène. Il s'agit en fait de l'histoire qu'il raconte aux enfants le soir, basée sur l'affaire des bombes et soigneusement dactylographiée par Thérèse. La police prend connaissance du manuscrit : tous les soupçons, désormais, se tournent vers lui.

LE SIXIÈME OGRE

Benjamin surprend l'un des « petits vieux de Théo » (p. 12) volant des munitions au Magasin. Il comprend que la théorie de Jérémy est juste : le tueur fabrique ses bombes depuis le Magasin. Soupçonné par la police d'être l'instigateur des attentats, il leur parle de ce petit vieux, mais ce dernier a disparu.

Il décide de rechercher, avec l'aide de Théo et de tante Julia, cet unique autre suspect pour le livrer à la police. Ce dernier, qu'il a surnommé « Gimini Cricket » en raison de sa ressemblance avec un criquet, retrouve Benjamin et l'aborde dans le métro. Il lui explique que les attentats qu'il a commis visent à éliminer les adeptes d'une secte satanique : « La Chapelle des 111 ». Ses membres ont assassiné des dizaines d'enfants au cours de sacrifices humains en 1942. Gimini les a tués l'un après l'autre. Seul l'un d'entre eux est encore vivant : le pourvoyeur d'enfants. Le vieil homme compte également l'éliminer et invite Benjamin à assister à son meurtre, le jeudi suivant, au Magasin.

Alors que Louna a donné naissance à des jumeaux, la famille Malaussène et ses amis se réunissent pour célébrer cet heureux évènement. Benjamin qui, comme il l'espérait, a été renvoyé du Magasin après la parution de l'article rédigé par tante Julia, est convié à un entretien dans une maison d'édition à laquelle Clara a envoyé son manuscrit. Cependant, la directrice ne souhaite pas le publier : elle veut l'engager comme bouc émissaire. Déçu et désireux de rompre avec cette fonction, il refuse.

Le jeudi suivant, Benjamin se rend au Magasin, où Gimini lui a donné rendez-vous pour l'élimination du sixième « ogre ». De nombreux agents de police sont sur place, en civil. Le vieil homme est au rayon des jouets, s'amusant avec une figurine de gorille motorisée qu'il dirige vers Benjamin. Celui-ci reconnait sur le visage de Gimini le rictus et l'expression qu'avait le professeur Léonard sur l'ultime photo de lui prise au Magasin.

Il comprend alors que Gimini est en fait le sixième « ogre ». Il en déduit qu'il sera sa prochaine victime et que la figurine contient une bombe. Mais lorsqu'il se jette sur le jouet, pour épargner une explosion fatale au reste du magasin, c'est Gimini qui explose. Le jouet contenait en réalité un détonateur.

Le commissaire Coudrier explique à Benjamin que les six membres de la secte se sont en fait suicidés lorsqu'ils ont lu dans les astres la date de leur mort. Dans le but de se donner leur « dernière grande joie » (p. 282), ils ont choisi le Magasin, lieu de leurs crimes d'autrefois, pour créer « une sorte d'apothéose » (*ibid.*). Ils comptaient sublimer leur mort par un ultime méfait : faire accuser l'innocent Benjamin des attentats.

À la fin du récit, la mère de la tribu Malaussène rentre à la maison. Elle est de nouveau célibataire et enceinte d'un nouvel enfant. Pour subvenir aux besoins de sa famille, toujours plus nombreuse, Benjamin décide finalement d'accepter l'offre d'emploi de bouc émissaire qu'il a reçue de la maison d'édition.

ÉTUDE DES PERSONNAGES

BENJAMIN MALAUSSÈNE

Benjamin est l'aîné de la fratrie Malaussène. Il est le personnage principal et le narrateur du récit : c'est de son point de vue qu'est présentée l'intrigue.

Grand frère au cœur tendre, il subvient aux besoins de sa tribu en travaillant au « Magasin » (p. 18) et représente une figure paternelle pour ses frères et sœurs, dont il a la charge pendant les fréquentes absences de leur mère. Ces derniers lui confient leurs joies et leurs peines, lui demandent conseil et se reposent entièrement sur lui. Tous les soirs, il les divertit en leur racontant des histoires sorties de son imagination débordante.

Il est plein d'humour, cultivé et intelligent, et dispose d'une mémoire impressionnante, connaissant par cœur « les quelque vingt-quatre-mille vignettes des albums de Tintin et leurs vingt-quatre-mille bulles » (p. 85). Bienveillant et proche de sa famille, ainsi que de ses amis, il est aussi très attaché à son chien Julius.

Au plan sentimental, Benjamin a pour habitude de « drague[r] les belles voleuses du Magasin » (p. 71) en leur permettant d'échapper au vigile. C'est d'ailleurs ainsi qu'il rencontre celle dont il tombera amoureux et qu'il appellera « tante Julia » (*ibid.*) durant tout le roman.

Au Magasin, Benjamin est officiellement contrôleur technique, mais, en réalité, il est « bouc émissaire » (p. 80). En d'autres termes, il est payé (« assez bien, d'ailleurs », *ibid.*) pour endosser la responsabilité des articles défectueux vendus par le Magasin : « Lorsqu'un client se pointe avec une plainte, je suis appelé au bureau des Réclamations où je reçois une engueulade assez terrifiante. [Je prends] un air si profondément désespéré qu'en règle générale le client retire sa plainte » (*ibid.*), explique-t-il.

Au cours du roman, le jeune homme, dégouté par ce travail et par la malhonnêteté de son patron, réussit à s'en faire licencier en divulguant la véritable nature de son emploi à la presse, via tante Julia. Il est cependant vite rattrapé par sa destinée de bouc émissaire, lorsqu'une maison d'édition lui propose à son tour d'endosser cette fonction. À la fin du ré-cit, devant la nécessité de subvenir aux besoins de sa famille, il accepte cet emploi. Ce rôle ingrat fait de lui « le symbole de l'innocence persécutée » (p. 253), ce qu'il est d'ailleurs au-delà même du cadre de sa fonction : quoiqu'irréprochable, il constitue un coupable idéal pour ses collègues ainsi que pour la police dans l'affaire des attentats.

Échappant de peu à trois explosions, soupçonné à tort d'être le poseur de bombes, roué de coups par ses collègues, pris pour cible par les véritables coupables – qui veulent le faire condamner à leur place –, il subit dans le roman de nombreux revers qu'il affronte avec courage, sans se départir de son humour et n'hésitant jamais à « combatt[re] le désespoir par quelques pensées facétieuses » (p. 112). Face à l'adversité, il choisit de résister : il mène l'enquête de façon active, jusqu'à la résolution de l'affaire.

LES ENFANTS MALAUSSÈNE

La fratrie Malaussène est composée de six enfants, tous de pères différents, que Benjamin qualifie d'« éparpillés » (p. 32). À la fin du récit, leur mère, « enceinte jusqu'aux dents » (p. 286), leur annonce qu'elle attend « le dernier » (*ibid.*).

Louna

Louna est infirmière. Elle est en couple depuis plusieurs années avec Laurent, un médecin. Au début du récit, enceinte d'un enfant qu'elle appelle son « petit locataire » (p. 23), elle annonce à Benjamin, en pleurant, qu'elle songe à avorter : l'homme qu'elle aime ne veut pas d'enfant. Elle décide finalement de le garder et revient vivre avec ses frères et sœurs.

Plus tard, elle apprend qu'elle attend en réalité des jumeaux qui vont grossir les rangs de la famille Malaussène. Le jour de son accouchement, Laurent est présent. Submergé par le remord et son amour pour Louna, il accueille ses deux enfants avec bonheur, regrettant « d'avoir eu si peur de cette merveille » (p. 261).

Clara

Clara est une jeune fille en âge de passer le baccalauréat. Passionnée de photographie, elle immortalise la réalité qui l'entoure en prenant d'innombrables clichés. Cette passion va s'avérer utile dans l'enquête de Benjamin. En effet, grâce à son « œil » (p. 271), c'est Clara qui va faire parler la photographie trouvée par Théo dans la cabine du photomaton où a eu lieu le troisième meurtre. Très mâture pour son âge, elle est indépendante et prend soin de ses frères et sœurs avec patience et sagesse.

Thérèse

Thérèse est une jeune fille sérieuse et grave. Elle s'est assigné la mission de consigner les récits fantaisistes de son frère ainé dans un recueil qu'elle constitue avec application : « Thérèse sténographie aussi sérieusement qu'à l'Assemblée » (p. 111), commente Benjamin.

D'un naturel angoissé, elle se raccroche avec ferveur à des pratiques et des croyances ésotériques. C'est ainsi qu'elle analyse les attentats perpétrés au Magasin à travers le prisme de l'astrologie ; elle prédit même exactement la date du quatrième meurtre. De fait, la « Chapelle des 111 » établit justement le calendrier des attentats en fonction des astres.

Jérémy

Jérémy est un jeune garçon facétieux et insoumis qui « va gaillardement vers ses douze ans » (p. 223). Il parle en argot et aime employer des gros mots. Caractérisé par son humour et son esprit vif, il se moque volontiers des croyances de Thérèse et de son sérieux. Il participe activement aux histoires que Benjamin raconte à sa fratrie tous les soirs et résout l'un des volets de l'enquête en soumettant à son grand frère l'idée que le tueur fabrique ses bombes au sein même du Magasin. Déterminé à prouver son hypothèse, il va jusqu'à fabriquer une bombe dans son collège. Son audace lui vaut un séjour à l'hôpital, qui n'entache pas sa bonne humeur ni la force de sa conviction.

Le Petit

C'est le plus jeune de la fratrie. Il « rêve depuis des mois d'" ogres Noël " (p. 237) dont il fait de nombreux dessins. Son obsession pour les ogres fait écho à l'intrigue principale du roman, puisque les terroristes, anciens membres de la « Chapelle des 111 », sont bien « six ogres » (p. 251), « attirant des enfants » (*ibid.*) innocents pour les sacrifier et se nourrir de leur âme.

TANTE JULIA

C'est une jeune femme « très belle » (p. 57) à la « chevelure rousse » (p. 58) et aux « hanches [...] qui se balancent » (*ibid.*). Elle charme immédiatement Benjamin, qui la rencontre au Magasin, alors qu'elle vient de voler un pull et que le vigile est sur le point de l'interpeler. Pour lui permettre d'échapper à une sanction, Benjamin fait semblant de la connaitre et l'appelle « tante Julia ». Ce surnom lui restera jusqu'à la fin du récit.

Elle travaille comme journaliste et réalise des enquêtes à caractère sociologique pour *Actuel*. Elle aide Benjamin à se faire renvoyer du Magasin en écrivant un article révélant son travail officieux de bouc émissaire. C'est une femme passionnée, volubile et aventureuse, qui noue au fil du récit une relation d'amour et de confiance avec Benjamin.

THÉO

C'est le collègue et ami de Benjamin. Il est homosexuel. Dans le photomaton du Magasin, il fait chaque jour une photo de lui-même dans un costume différent et en donne un double au Petit, qui en fait collection. C'est un ami dévoué, proche de la famille Malaussène, qui s'occupe des enfants quand Benjamin est indisponible.

Théo est joyeux et aime faire la fête ; il est aussi généreux et altruiste, n'hésitant pas à s'impliquer dans des causes sociales. C'est ainsi qu'il laisse des personnes âgées désœuvrées – qu'il appelle ses « petits vieux » (p. 57) – passer leurs journées au rayon bricolage dont il est responsable ; chaque semaine, il apporte aussi des repas chauds aux prostitués du bois de Boulogne. Surtout, il aide activement Benjamin dans son enquête, soucieux de disculper son ami.

Mais sans le vouloir, il rend service à la « Chapelle des 111 », dès lors qu'il refuse de donner à la police une photo révélant que les victimes des attentats s'étaient rendues coupables de meurtres d'enfants (ce faisant, il croit en fait différer l'arrestation des terroristes et espère voir périr d'autres « ogres » sous les bombes, p. 245). On découvre à la fin du récit que c'est l'un de ses « petits vieux » qui est à l'initiative des attentats, et que ce dernier fabrique les bombes au rayon bricolage du Magasin.

LE COMMISSAIRE COUDRIER

C'est le policier chargé de l'enquête sur les bombes du Magasin. « Il est décoré de la Légion d'honneur » (p. 76) et semble exceller dans son travail d'enquêteur : « C'est un chercheur né » (*ibid.*), déclare Benjamin.

Réfléchi et n'aimant pas les conclusions trop faciles, il est le seul de ses collègues à croire en l'innocence de Benjamin – innocence dont il a la « conviction intime » (p. 238). On ne sait pas grand-chose de sa vie personnelle, si ce n'est qu'il admire Napoléon (empereur des Français, 1769-1821). Il a commencé sa carrière en s'occupant des sectes satanistes nées durant la Seconde Guerre mondiale (1939-1945). Il dégage un certain charisme et garde durant tout le récit une contenance et un calme professionnels. Aimant son métier, il déclare après la résolution de l'enquête : « Cette affaire m'a rajeuni de trente ans. » (p. 280)

SAINCLAIR

Le patron du Magasin aime se prétendre l'ami de ses employés. Souriant et très efficace en tant que commercial (c'est lui qui a eu l'idée d'engager un bouc émissaire qui ferait faire l'économie d'un contrôle technique), c'est en réalité un personnage très cynique et peu sympathique, qui menace Benjamin après que la véritable nature de son emploi a été révélée dans l'article de tante Julia.

LA « CHAPELLE DES 111 »

Il s'agit de la secte sataniste responsable des attentats à la bombe et formée de six membres. Son nom renvoie à une symbolique sataniste, puisque 111 « victimes immolées » (p. 248) multipliées par six (le nombre d'adeptes) font 666, le chiffre du Diable.

Lors d'une fermeture du Magasin en 1942, les « six ogres » avaient investi les lieux pour pratiquer divers rituels impli-

quant des sacrifices d'enfants dont la plupart leur avaient
été confiés par des familles juives pour échapper à la dé-
portation. Leurs noms ne sont mentionnés qu'en passant,
à l'exception du professeur Léonard, fervent opposant au
droit à l'avortement. Le dernier d'entre eux, vieillard « à
tête de criquet » (p. 242) sera surnommé « Gimini Cricket »
par Benjamin. Il jouait le rôle de « pourvoyeur d'enfants »
(p. 253) au sein de la « Chapelle des 111 ».

La personnalité des membres de ce groupe, explicitement
comparés à des ogres, nous échappe ; seuls leurs penchants
sadiques et leur capacité à jouir du mal apparaissent
clairement.

Ils croient en l'astrologie ; Thérèse peut d'ailleurs prédire leur
mort, car ils ont choisi les jours des attentats en fonction
des étoiles. Maléfiques jusqu'au bout, ils décident de se donner la mort en semant la terreur et en entrainant Benjamin
dans leur chute – en lui faisant porter la responsabilité des
attentats : ce dernier, brave bouc émissaire, représente pour
eux la figure d'un « saint » (p. 253), victime idéale pour des
bourreaux satanistes.

CLÉS DE LECTURE

AU BONHEUR DES OGRES, UN POLAR ?

Un roman noir

Au bonheur des ogres répond aux caractéristiques du roman policier. Ce genre littéraire est caractérisé par un « récit [...] fondé sur une structure de type énigmatique et sur une démarche de type indiciel, [...] entremêlant une histoire du crime et une histoire de l'enquête » où interagissent « la victime, le coupable, l'enquêteur et le suspect » (LITS M., *Le roman policier : introduction à la théorie et à l'histoire d'un genre littéraire*, Liège, éditions du Céfal, p. 156).

Dans *Au bonheur des ogres*, l'intrigue principale est effectivement fondée sur la résolution d'une enquête. On a bien affaire à un travail d'investigation tendant à trouver le coupable d'une série de meurtres et à découvrir son mobile. On trouve dans le roman certains éléments classiques, invariants du genre policier :

- des scènes d'interrogatoire, comme celle au cours de laquelle l'inspecteur Coudrier recueille le « témoignage » (p. 77) de Benjamin, lui posant une série de méticuleuses questions. C'est au cours de cet entretien que le jeune homme révèle au policier la véritable nature de son emploi au Magasin ;
- des fausses pistes, dans lesquelles les enquêteurs et le lecteur s'égarent. Ainsi découvre-t-on au tout dernier moment que ceux qu'on croyait les victimes des attentats en sont en fait les instigateurs, et qu'ils sont coupables de

crimes passés encore plus terribles ;

- des suspects, dont la figure principale, aux yeux de la police, est Benjamin lui-même. On peut aussi citer Risson, le libraire du Magasin, que le jeune homme soupçonne d'être un ancien membre de la « Chapelle des 111 », ou encore Stojilkovitch, personnage inquiétant qui semble en savoir beaucoup sur l'art de tuer ;
- des indices, comme la photographie du professeur Léonard, retrouvée par Théo dans le photomaton, théâtre de la troisième explosion ;
- la résolution finale de l'affaire, explicitée au cours du dialogue final entre l'inspecteur Coudrier et Benjamin, qui retrace « les conclusions de l'enquête » (p. 284).

Plus précisément, le roman de Daniel Pennac pourrait correspondre à la définition du roman noir, sous-genre dérivé du roman policier, dont les particularités sont :

- la création d'un univers sombre et une intrigue teintée de violence. En effet, l'intrigue d'*Au bonheur des ogres* repose sur des faits particulièrement sordides et violents :
  - les explosions des bombes dans le Magasin, laissant des corps « dispersés, gis[ant] dans une épouvantable bouillasse sanglante » (p. 62) et des visages à « l'orbite [...] évidée » (p. 163) ;
  - les crimes macabres de la « Chapelle des 111 », composée de bourreaux d'enfants sanguinaires. Ces criminels, dont la perversité se manifeste jusque dans la mort par l'« air de jouissance » (p. 281) qui s'affiche sur leur visage cadavérique, ont tué et torturé des enfants lors de mystérieux rituels satanistes. La photographie

du docteur Léonard, « nu [...], l'œil flamboyant, la gueule fendue par un rictus démoniaque » (p. 160), plaquant sur une table le corps sans vie d'un enfant, figure bien la barbarie de leurs pratiques.

- un style argotique. L'argot est omniprésent dans le roman, où les formules argotiques abondent (« mastard » [p. 30] ; « condés » [p. 90] ; « loufiat » [p. 204], etc.) ;
- un cadre urbain. L'intrigue se déroule à Paris, dans le quartier de Belleville, théâtre de tous les romans de la saga *Malaussène* ;
- la critique sous-jacente de la société. La critique sociale, typique du roman noir, est symbolisée par le Magasin, « temple de l'espérance matérialiste » (p. 281), entité monstrueuse au sein de laquelle les dérives de la société de consommation et du capitalisme sont incarnées par des personnages antipathiques et malhonnêtes dont Sainclair, le directeur qui licencie Benjamin sans vergogne après lui avoir confié un emploi fictif dans le but de tromper sa clientèle, Cazeneuve, le vigile abusant de son pouvoir sur les jolies voleuses qu'il attrape, Lehmann, le collègue cynique de Benjamin, ou encore Risson, le libraire nostalgique du maréchal Pétain (homme d'État français, 1856-1951).

Au bonheur des ogres répond donc à bien des égards aux caractéristiques génériques du roman noir. Néanmoins, hybride et multiple, ce roman déborde le genre policier, notamment par sa dimension comique.

La « Série noire »

Une particularité de la saga *Malaussène* est qu'elle a changé de collection en cours d'édition chez Gallimard. Les deux premiers romans ont en effet été publiés dans la « Série noire », collection réservée aux polars, tandis que les quatre suivants – *La Petite Marchande de prose* (1990), *Monsieur Malaussène* (1995), *Des chrétiens et des Maures* (1996) et *Aux fruits de la passion* (1999) – ont immédiatement été publiés dans la collection « Blanche », réservée à une littérature générale.

Bien que le mot « polar » puisse simplement désigner un roman (ou un film) policier en général, « Série noire » regroupe des récits d'un type bien précis, ainsi que l'explique Marcel Duhamel, fondateur de la collection, dans un édito datant de 1948 :

> « Que le lecteur non prévenu se méfie : les volumes de la "Série noire" ne peuvent pas sans danger être mis entre toutes les mains. L'amateur d'énigmes à la Sherlock Holmes n'y trouvera pas souvent son compte. [...] Le détective sympathique ne résout pas toujours le mystère. Parfois il n'y a pas de mystère. Et quelquefois même, pas de détective du tout. Mais alors ?... Alors il reste de l'action, de l'angoisse, de la violence – sous toutes ses formes et particulièrement les plus honnies – du tabassage et du massacre. [...] Bref, notre but est fort simple : vous empêcher de dormir. » (DUHAMEL M., cité dans PETIT M., *Manières de noir : la fiction policière contemporaine*, Rennes, Presses universitaires de Rennes, 2010, p. 8)

On comprend ainsi qu'*Au bonheur des ogres* ait été publié dans cette collection : il y a bien un « mystère » à résoudre pour le lecteur, celui des meurtres commis au Magasin. Et s'il y a aussi une figure de « détective », incarnée par

Coudrier, c'est surtout l'enquête de Benjamin qui construit l'action du récit : à la fois enquêteur, témoin, victime et suspect, il incarne une forme originale de « détective ». Quant à la violence et l'angoisse, elles sont notamment exprimées dans les crimes satanistes de la « Chapelle des 111 ».

La collection « Blanche »

Si la saga *Malaussène* a par la suite été classée dans la littérature générale, c'est que les romans qui la composent revêtent de multiples dimensions : le ton léger, l'humour et le développement des personnages en dehors de l'intrigue criminelle surpassent parfois la dimension policière et mettent la violence du récit à distance.

Ainsi, le roman accorde autant d'importance aux attentats du Magasin qu'à la vie familiale et amoureuse de Benjamin. La fresque familiale qui se dessine au cours du récit s'affranchit du cadre de l'enquête. Le personnage de Benjamin, dont le lecteur suit le point de vue, traverse différentes péripéties qui, si elles convergent souvent vers la résolution de l'enquête, sont vécues par lui et le lecteur de façon indépendante : sa rencontre avec tante Julia, sa vie quotidienne, ses inquiétudes pour ses frères et sœurs, sa tristesse devant la maladie de son chien, ses déboires avec sa hiérarchie, son évolution au travail, son amitié avec Stojilkovitch ou Théo, etc.

Par ailleurs, le ton léger et comique du récit met également l'angoisse et la violence à distance. L'enchainement des malentendus qui font de Benjamin le suspect principal de la police relève du registre comique, tout comme les formules imagées et ironiques dont le personnage-narrateur use fréquemment et qui désamorcent la tension du récit. Ainsi, lorsqu'il est finalement confronté à Gimini, le tueur du Magasin, Benjamin le décrit avec dérision comme « un nain sur un trône, tortillant des fesses pour atteindre le dossier » (p. 249).

LE THÈME DU BOUC ÉMISSAIRE

Il y a souvent, dans une enquête policière fictive, plusieurs suspects, et l'on emprunte alors plusieurs fausses pistes avant de trouver le coupable. Le narrateur, Benjamin, est l'une de ces « fausses pistes », mais, plus que cela, il est un bouc émissaire à tous les niveaux de sa vie.

Comme Benjamin, un bouc émissaire est une personne qui endosse les torts et responsabilités des autres :

- au Magasin, Benjamin subit les reproches des clients à la place de la direction : lorsqu'un client vient se plaindre, son collègue Lehmann le fait venir dans son bureau pour l'injurier devant le client, accomplissant le « sacrifice » du bouc. D'ailleurs, si peu de clients persistent à vouloir porter plainte, c'est parce que Benjamin est également bouc émissaire par nature : il compatit sincèrement à leurs malheurs et prend sur lui leur souffrance. Ainsi, Benjamin ne peut être comparé aux détectives cyniques du roman noir, car il incarne l'innocence du bouc émissaire ;
- dans sa famille, il s'occupe de ses demi-frères et sœurs à la place de sa mère. Il s'investit totalement dans l'éducation de sa fratrie et lui sacrifie ses désirs et ses ambitions

personnelles : à la fin du récit, il se résigne pour eux à accepter un nouveau poste de bouc émissaire ;

- dans le fil de l'intrigue policière, Gimini Cricket, membre de la « Chapelle des 111 », veut l'envoyer en prison à sa place. Une fois de plus, « symbole de l'innocence persécutée » (p. 253), il est choisi pour assumer les fautes des autres. En outre, en poussant Benjamin à activer malgré lui le détonateur de la dernière bombe, le vieil homme « fait de [lui] un assassin » (p. 277). Benjamin se retrouve la victime d'un complot menaçant littéralement son innocence.

Dès lors, une telle figure dépasse le cadre de l'intrigue policière pour s'élever au rang d'archétype ; un archétype qui fonctionne comme le décrit René Girard (essayiste français, 1923-2015) dans un livre que cite d'ailleurs Daniel Pennac en exergue, et qui s'intitule *Le bouc émissaire* (GIRARD R., *Le bouc émissaire*, Paris, Grasset, 1982).

Par exemple, lors de l'agression du chapitre XXI, une société en crise [le microcosme des employés du Magasin] désigne une personne [Benjamin] à la fois assez distante du groupe [de fait, il ne participe pas aux manifestations du personnel], mais qui en fait tout de même partie [il est employé], comme responsable de la crise [il poserait les bombes], exerçant dès lors sur lui la violence qui gronde dans ses rangs.

De plus, pour que le sacrifice du bouc émissaire soit efficace, il faut que la société soit convaincue de sa culpabilité. Ici tous les indices accusent Benjamin : sa présence sur le lieu des explosions (celle de sa sœur Thérèse pour la troisième), le fait que son petit frère ait incendié son collège en manipulant des explosifs, sa présence à une conférence du docteur Léonard quelques jours avant son assassinat, les nombreuses photos du Magasin trouvées chez lui – en réalité issues de la collection de Clara –, le livre qu'il semble avoir écrit en s'inspirant des attentats du Magasin, la photographie du docteur Léonard qu'il garde à la demande de Théo, etc.

Enfin, il n'est pas anodin que les vrais coupables aient commis leur pire méfait durant la Seconde Guerre mondiale, époque où le principe du bouc émissaire fonctionnait à grande échelle à travers l'extermination des Juifs, considérés par les nazis comme responsables de la situation économique difficile. D'ailleurs, en 1942, les « six ogres » de la « Chapelle des 111 » s'en prenaient principalement à des enfants juifs, leurs victimes leur étant souvent confiées par « des parents menacés » (p. 251) croyant confier leur enfant à « une filière sûre qui devait les faire passer en Espagne » (*ibid.*).

UNE AFFAIRE DE LITTÉRATURE

Les références à la littérature abondent dans le roman et ajoutent une autre dimension, intertextuelle, à l'œuvre.

Le titre du roman

Le titre du roman fait référence *Au bonheur des dames* (1883) d'Émile Zola (écrivain français, 1840-1902). Selon les principes du naturalisme dont se réclamait Zola, ce roman s'attache à décrire avec précision et réalisme le phénomène naissant des grands magasins : leur émergence, leur fonctionnement, leurs enjeux économiques, etc. Si l'on assiste dans le roman à la fin du petit commerce et aux débuts du capitalisme et des injustices qui lui sont inhérentes, on y sent aussi la fascination de Zola pour ce nouveau modèle. En revanche, si l'intrigue d'*Au bonheur des ogres* se déroule à l'intérieur de l'héritier de ces grands magasins : la vision de ce lieu de consommation effrénée y est désenchantée, et dénuée de toute fascination.

C'est d'ailleurs au bonheur des « ogres » et non plus des « dames » que le Magasin est dédié dans la version de Pennac. Effectivement, les ogres de la « Chapelle des 111 », adorateurs de Satan, choisissent d'y mettre en scène leur suicide, s'offrant le plaisir de semer la terreur une dernière fois sur le lieu de leurs anciennes « extases » (p. 182).

Intertexte littéraire

Par ailleurs, l'image des ogres contribue à enrichir le jeu référentiel du texte par une référence à l'univers des contes merveilleux et à ces personnages inquiétants, puissants et maléfiques, qui attirent les enfants chez eux pour les dévorer, de la même façon que les meurtriers de la « Chapelle des 111 » s'emparent des jeunes âmes et sacrifient leur chair fraiche au nom du Diable. Et comme l'ogresse attire Hänsel et Gretel dans sa maison de pain d'épices à grand renfort de sucreries, les « ogres » du roman de Pennac attirent certains enfants dans le « royaume des jouets » du rayon de Noël pour les piéger.

Le jeu référentiel du roman est également porté par l'usage de citations, la plus mise en valeur étant peut-être celle de

L'Affreux Pastis de la rue des Merles (1957) de Carlo Emilio Gadda (écrivain italien, 1893-1973), roman que Benjamin connait par cœur et cite à plusieurs reprises au cours du récit, comme ici : « Étourdissant d'ubiquité, omniprésent à chaque ténébreuse affaire » (p. 137). Cette citation, à laquelle s'identifie le jeune homme, s'appliquait à un enquêteur dans le roman de Gadda, mais se rapporte ici au suspect idéal, Benjamin Malaussène.

En outre, dans *Au bonheur des ogres*, la littérature est d'autant plus présente que plusieurs personnages lisent : Sainclair est amateur de Tintin tout comme Benjamin ; le libraire du Magasin, Risson, qui a toujours apprécié Benjamin pour son bon gout en matière de livres, se révèle quant à lui antisémite et nostalgique du régime de Vichy (1940-1944). De son côté Clara, qui passe son baccalauréat, se débat avec la poésie de Louise Labé (poétesse française, 1524-1566).

Le plaisir de l'histoire du soir, ou la littérature mise en abyme

En plus de ces lecteurs, nous rencontrons aussi des conteurs : Stojilkovitch, le veilleur serbe qui raconte ses souvenirs de guerre, mais surtout Benjamin lui-même. En plus d'être le narrateur de cette histoire, il en raconte une version romanesque à ses demi-frères et sœurs le soir. Benjamin devient alors double narrateur : du récit qu'il adresse au lecteur, d'une part ; d'autre part, d'une version alternative qu'il destine à sa fratrie.

À travers la mise en scène de l'histoire du soir, rituel sacré de la famille Malaussène, Daniel Pennac met son intrigue en abyme et célèbre les histoires et le plaisir de l'imagination créatrice. Il présente un raconteur d'histoire facétieux devant un public d'enfants exigeants, mais prêts à se laisser entrainer par l'intrigue. Ici, on peut déjà reconnaitre la conception de la littérature et de la lecture de Daniel Pennac, telle qu'il l'a plus tard exposée dans son essai *Comme un roman* (1992), où il réfléchit aux moyens de renouer avec le plaisir de la lecture et les joies de l'imaginaire, trésors inestimables accessibles à tous.

QUELQUES QUESTIONS POUR APPROFONDIR SA RÉFLEXION...

- Qu'est-ce qui fait de Benjamin Malaussène l'archétype du bouc émissaire ?
- Émile Zola utilisait la métaphore de l'ogre et de la machine pour parler du magasin dans *Au bonheur des dames*, qui semblait consumer ses employés. Pensez-vous que cette comparaison s'applique au Magasin du roman de Daniel Pennac ?
- À quoi servent les anecdotes du vigile Stojilkovitch dans le récit ?
- Comment sont représentés les personnages marginaux dans le roman ?
- Dans un roman parlant de bouc émissaire et d'ogres, quel sérieux est accordé aux talents de devineresse de Thérèse ?
- Le commissaire Coudrier, enquêteur principal, joue ici un rôle secondaire. Comparez-le à un enquêteur comme Sherlock Holmes, du point de vue du caractère et de sa place dans l'intrigue.
- Comparez ce roman avec le deuxième volume de la saga *Malaussène*, *La Fée carabine*. Quelles modifications ont été apportées du point de vue de la narration ? Quelle place y prend le quartier de Belleville ?
- Ce roman est-il, selon vous, un roman policier ? Justifiez.
- Clara, la sœur de Benjamin, est une excellente photographe. Quel rôle joue l'art de la photographie dans le roman ?

- Relevez quelques-unes des nombreuses références littéraires du roman et commentez-les.

Votre avis nous intéresse !
Laissez un commentaire sur le site de votre librairie en ligne
et partagez vos coups de cœur sur les réseaux sociaux !

POUR ALLER PLUS LOIN

ÉDITION DE RÉFÉRENCE

- PENNAC D., *Au bonheur des ogres*, Paris, Gallimard, coll. « Série noire », 1997.

ÉTUDES DE RÉFÉRENCE

- LITS M., *Le roman policier : introduction à la théorie et à l'histoire d'un genre littéraire*, Liège, éditions du Céfal, 1999.
- LITS M., « De la "Noire" à la "Blanche" : la position mouvante du roman policier au sein de l'institution littéraire », in *Itinéraires*, 2015, consulté le 12 juin 2017 , http://itineraires.revues.org/2589
- MESPLÈDE C. et TULARD J., « Roman policier », in *Encyclopædia Universalis*, consulté le 13 juin 2017, http://www.universalis.fr/encyclopedie/roman-policier/
- PETIT M., *Manières de noir : la fiction policière contemporaine*, Rennes, Presses universitaires de Rennes, 2010.
- « Série noire », in *gallimard.fr*, consulté le 13 juin 2017, http://www.gallimard.fr/Catalogue/GALLIMARD/Serie-Noire

ADAPTATION

- *Au bonheur des ogres*, film réalisé par Nicolas Bary, avec Raphaël Personnaz, Bérénice Bejo et Emir Kusturica, France, 2012.

Retrouvez notre offre complète sur lePetitLittéraire.fr

- des fiches de lectures
- des commentaires littéraires
- des questionnaires de lecture
- des résumés

ANOUILH
- Antigone

AUSTEN
- Orgueil et Préjugés

BALZAC
- Eugénie Grandet
- Le Père Goriot
- Illusions perdues

BARJAVEL
- La Nuit des temps

BEAUMARCHAIS
- Le Mariage de Figaro

BECKETT
- En attendant Godot

BRETON
- Nadja

CAMUS
- La Peste
- Les Justes
- L'Étranger

CARRÈRE
- Limonov

CÉLINE
- Voyage au bout de la nuit

CERVANTÈS
- Don Quichotte de la Manche

CHATEAUBRIAND
- Mémoires d'outre-tombe

CHODERLOS DE LACLOS
- Les Liaisons dangereuses

CHRÉTIEN DE TROYES
- Yvain ou le Chevalier au lion

CHRISTIE
- Dix Petits Nègres

CLAUDEL
- La Petite Fille de Monsieur Linh
- Le Rapport de Brodeck

COELHO
- L'Alchimiste

CONAN DOYLE
- Le Chien des Baskerville

DAI SIJIE
- Balzac et la Petite Tailleuse chinoise

DE GAULLE
- Mémoires de guerre III. Le Salut. 1944-1946

DE VIGAN
- No et moi

DICKER
- La Vérité sur l'affaire Harry Quebert

DIDEROT
- Supplément au Voyage de Bougainville

DUMAS
- Les Trois
  Mousquetaires

ÉNARD
- Parlez-leur
  de batailles,
  de rois et
  d'éléphants

FERRARI
- Le Sermon sur la
  chute de Rome

FLAUBERT
- Madame Bovary

FRANK
- Journal
  d'Anne Frank

FRED VARGAS
- Pars vite et
  reviens tard

GARY
- La Vie devant soi

GAUDÉ
- La Mort du
  roi Tsongor
- Le Soleil des
  Scorta

GAUTIER
- La Morte
  amoureuse
- Le Capitaine
  Fracasse

GAVALDA
- 35 kilos d'espoir

GIDE
- Les
  Faux-Monnayeurs

GIONO
- Le Grand
  Troupeau
- Le Hussard
  sur le toit

GIRAUDOUX
- La guerre de
  Troie
  n'aura pas lieu

GOLDING
- Sa Majesté des
  Mouches

GRIMBERT
- Un secret

HEMINGWAY
- Le Vieil Homme
  et la Mer

HESSEL
- Indignez-vous !

HOMÈRE
- L'Odyssée

HUGO
- Le Dernier Jour
  d'un condamné
- Les Misérables
- Notre-Dame
  de Paris

HUXLEY
- Le Meilleur
  des mondes

IONESCO
- Rhinocéros
- La Cantatrice
  chauve

JARY
- Ubu roi

JENNI
- L'Art français
  de la guerre

JOFFO
- Un sac de billes

KAFKA
- La Métamorphose

KEROUAC
- Sur la route

KESSEL
- Le Lion

LARSSON
- Millenium 1. Les
  hommes qui
  n'aimaient pas
  les femmes

LE CLÉZIO
- Mondo

LEVI
- Si c'est un
  homme

LEVY
- Et si c'était vrai...

MAALOUF
- Léon l'Africain

MALRAUX
- La Condition humaine

MARIVAUX
- La Double Inconstance
- Le Jeu de l'amour et du hasard

MARTINEZ
- Du domaine des murmures

MAUPASSANT
- Boule de suif
- Le Horla
- Une vie

MAURIAC
- Le Noeud de vipères

MAURIAC
- Le Sagouin

MÉRIMÉE
- Tamango
- Colomba

MERLE
- La mort est mon métier

MOLIÈRE
- Le Misanthrope
- L'Avare
- Le Bourgeois gentilhomme

MONTAIGNE
- Essais

MORPURGO
- Le Roi Arthur

MUSSET
- Lorenzaccio

MUSSO
- Que serais-je sans toi ?

NOTHOMB
- Stupeur et Tremblements

ORWELL
- La Ferme des animaux
- 1984

PAGNOL
- La Gloire de mon père

PANCOL
- Les Yeux jaunes des crocodiles

PASCAL
- Pensées

PENNAC
- Au bonheur des ogres

POE
- La Chute de la maison Usher

PROUST
- Du côté de chez Swann

QUENEAU
- Zazie dans le métro

QUIGNARD
- Tous les matins du monde

RABELAIS
- Gargantua

RACINE
- Andromaque
- Britannicus
- Phèdre

ROUSSEAU
- Confessions

ROSTAND
- Cyrano de Bergerac

ROWLING
- Harry Potter à l'école des sorciers

SAINT-EXUPÉRY
- Le Petit Prince
- Vol de nuit

SARTRE
- Huis clos
- La Nausée
- Les Mouches

SCHLINK
- Le Liseur

Analyse de l'œuvre
Germinal
L'Étranger
Le Père Goriot
Candide ou l'Optimisme

ISBN version numérique : 978-2-8062-1748-6
ISBN version papier : 978-2-8062-1178-1
Dépôt légal : D/2017/12603/481

Avec la collaboration de Margot Pépin pour l'étude des personnages de « Benjamin Malaussène », des « enfants Malaussène » et de « tante Julia », ainsi que pour les chapitres « Un roman noir », « La collection "Blanche" », « Le titre du roman » et « Le plaisir de l'histoire du soir, ou la littérature mise en abyme ».

Conception numérique : Primento,
le partenaire numérique des éditeurs.

Ce titre a été réalisé avec le soutien de la Fédération Wallonie-Bruxelles, Service général des Lettres et du Livre.